わらせん

みうらこうじ川柳句集

川柳句集

わらせん

目次

ぼくのネジ 5
まじかァ……61
あとがき 279

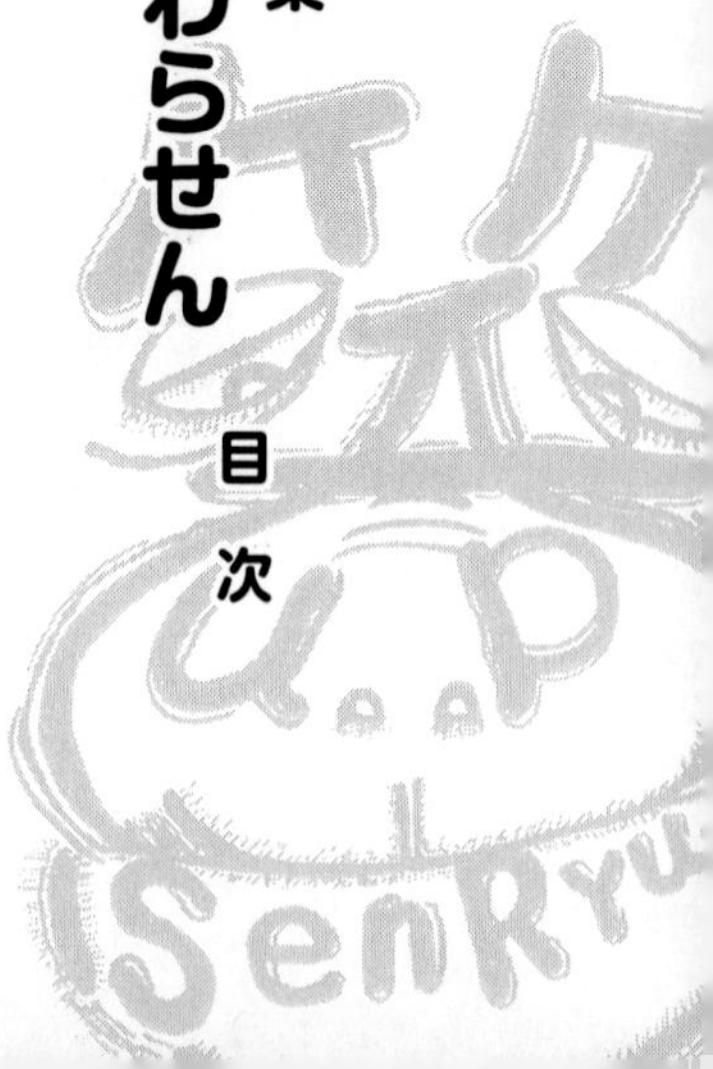

川柳句集　わらせん

ぼくのネジ

SenRyuーに
巻いて
いただく
ぼくの
ネジ
好日
へたでよろしー

じいさんが
ぱぴぷぺぽーと
たっている

おてんとさん
きのうもきょうも
ありがとう

窮すれば泣くという手がありました

うつくしい
ことばに
スマホ
不要です

くらやみに
あかりを
とぼす
ゆび
ごほん

5ミリほど
浮いております
この世から

こーひーと
まんがは
ぼくの
ひみつ
きち

よたよたの足だが2本ついている

ちいかわと爺ちゃんだって呼ばれたい

胸キュンの
きみが
好きだと
入れ歯ゆれ

菜園にし・あ・わ・せ・というタネをまく

健康のためなら
惜しくない
いのち

老人は
こわれる
ように
できている

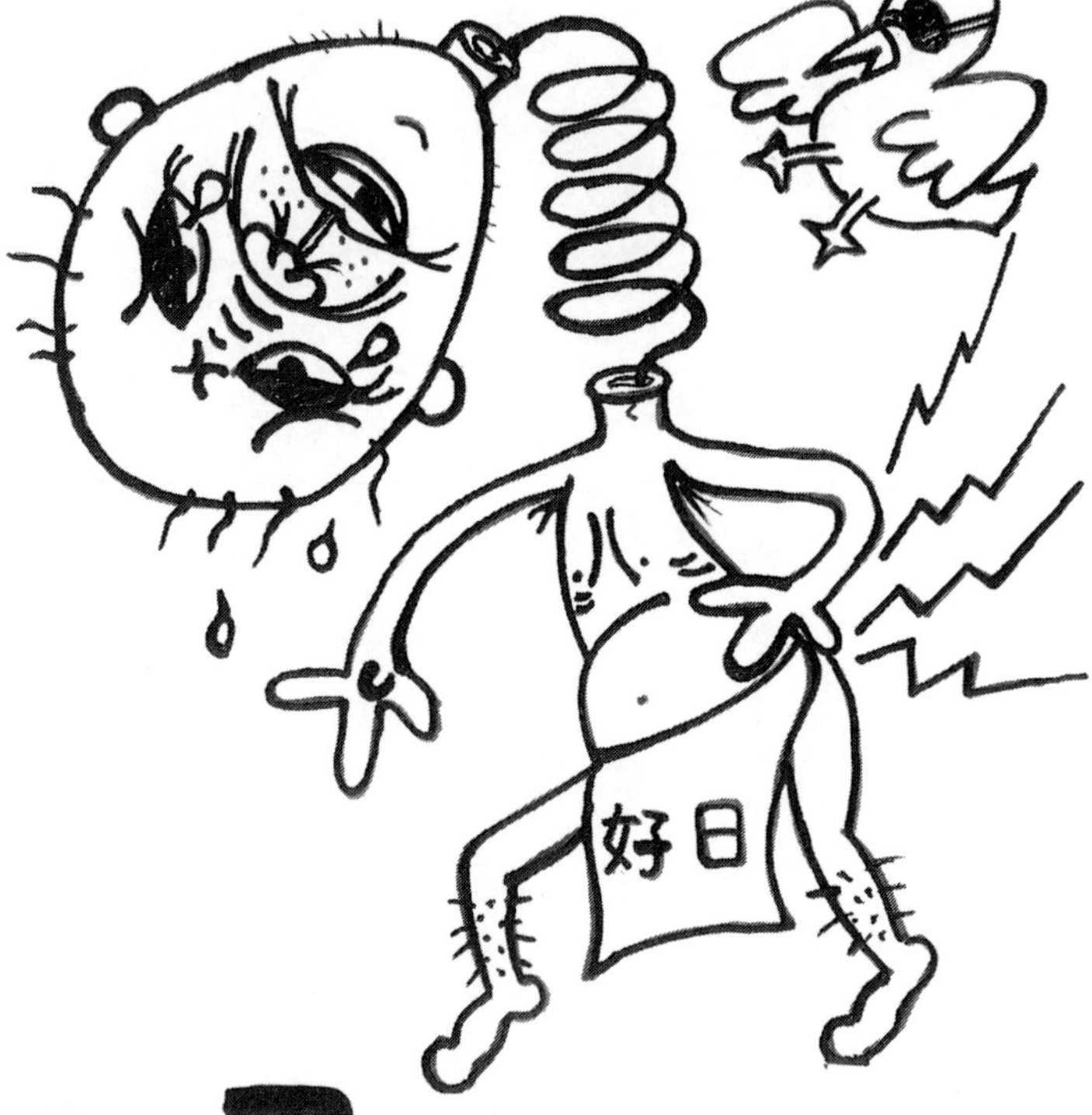

ヘルニアパパのアタマがコロリ

腰ひくく
血圧
だけは
たかい
ぼく

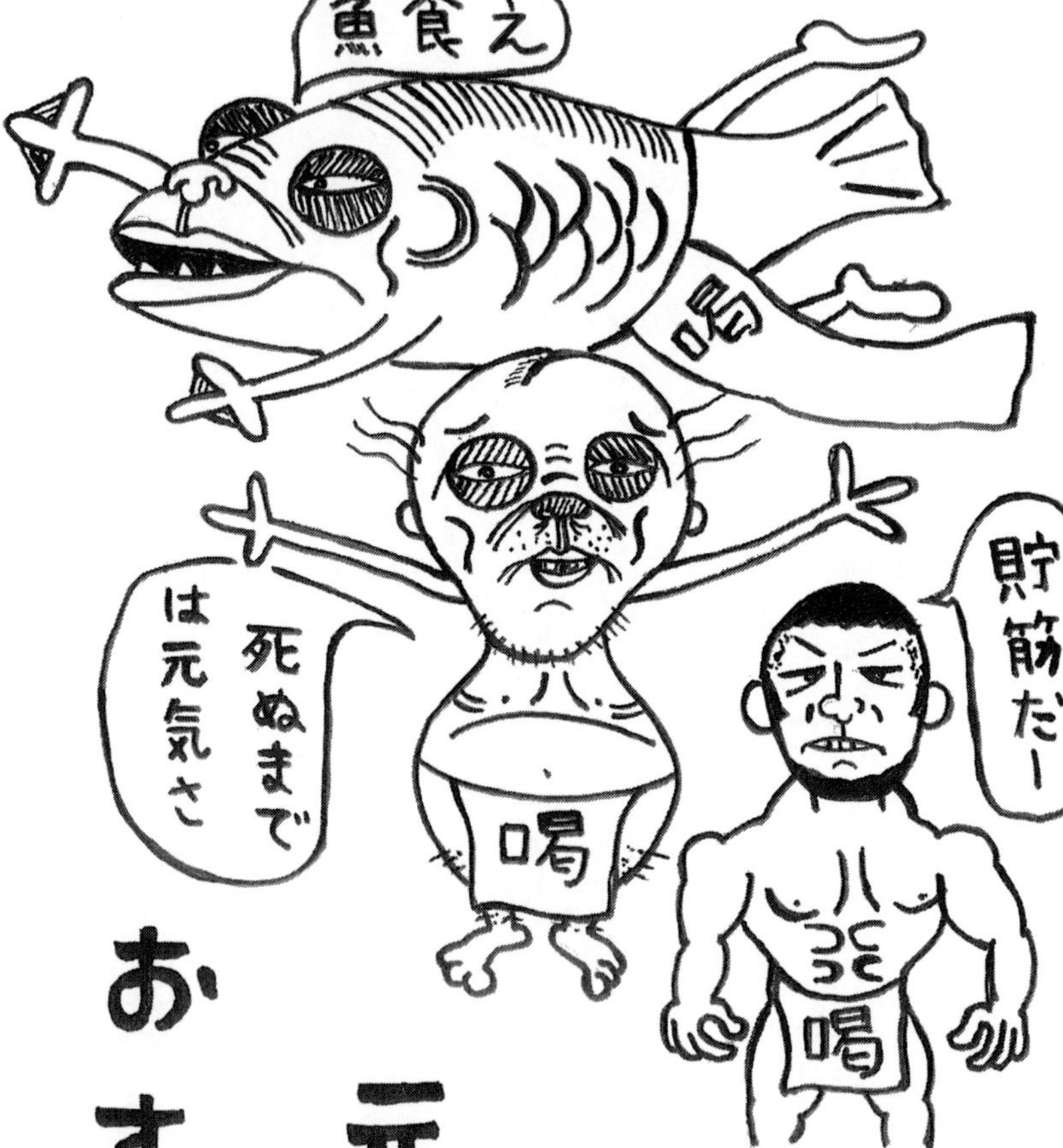

あげましょう
今朝も
元気の
おすそわけ

気づかいは無用
無口な冷奴

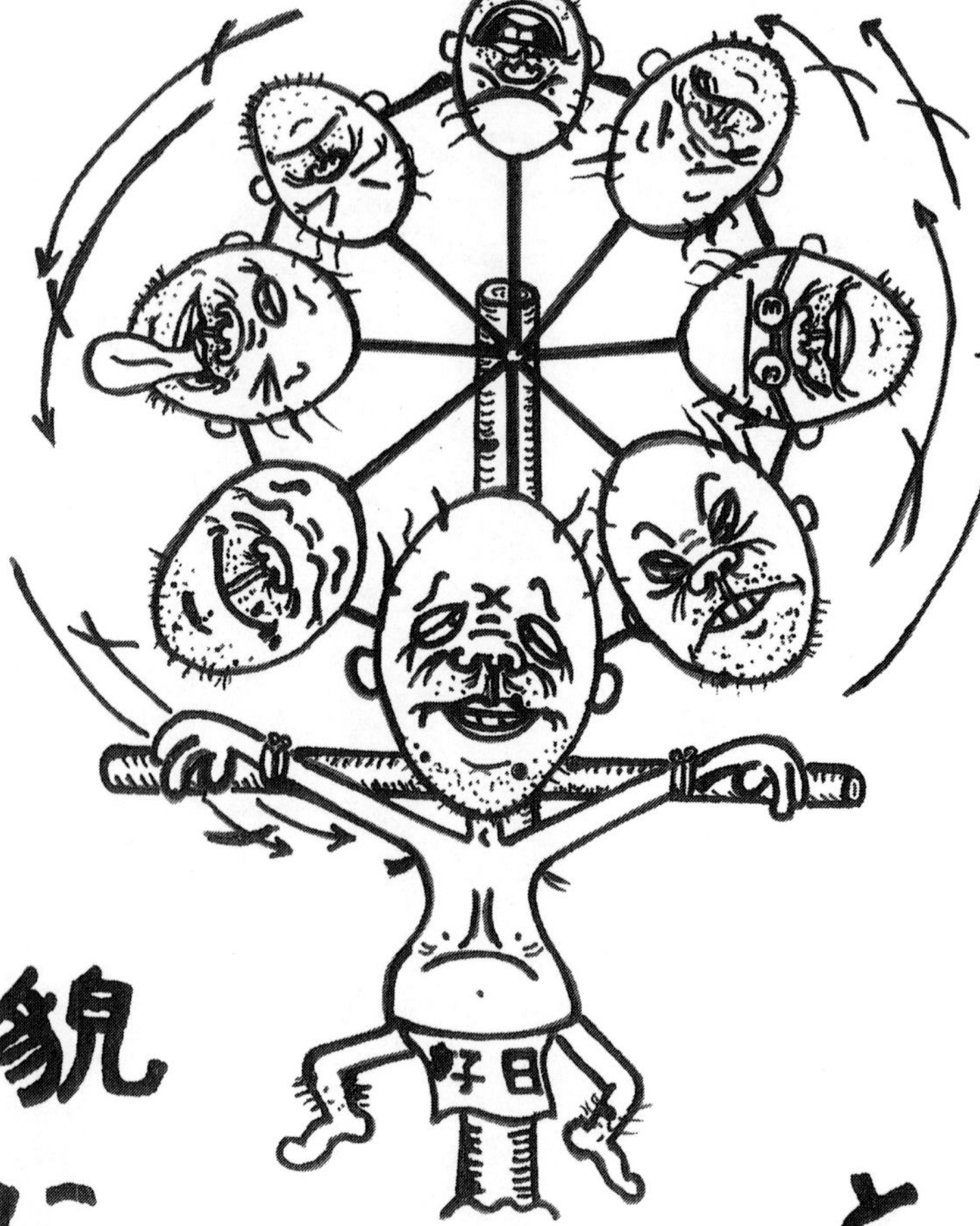

ときどきは正直者の貌になる

ほどほどに
忘れて
生きる
生きてやる

恍惚になるため老いた訳じゃない

あすなろの
ぼくは
ネクストワン
である

B6のわたしの芯は折れやすい

しがらみを
コロリと
墜とし
ス・ミ・マ・セ・ン

レコードのレコのあたりで止まる針

やんわりと
ロープが
ゆれる
揺れている

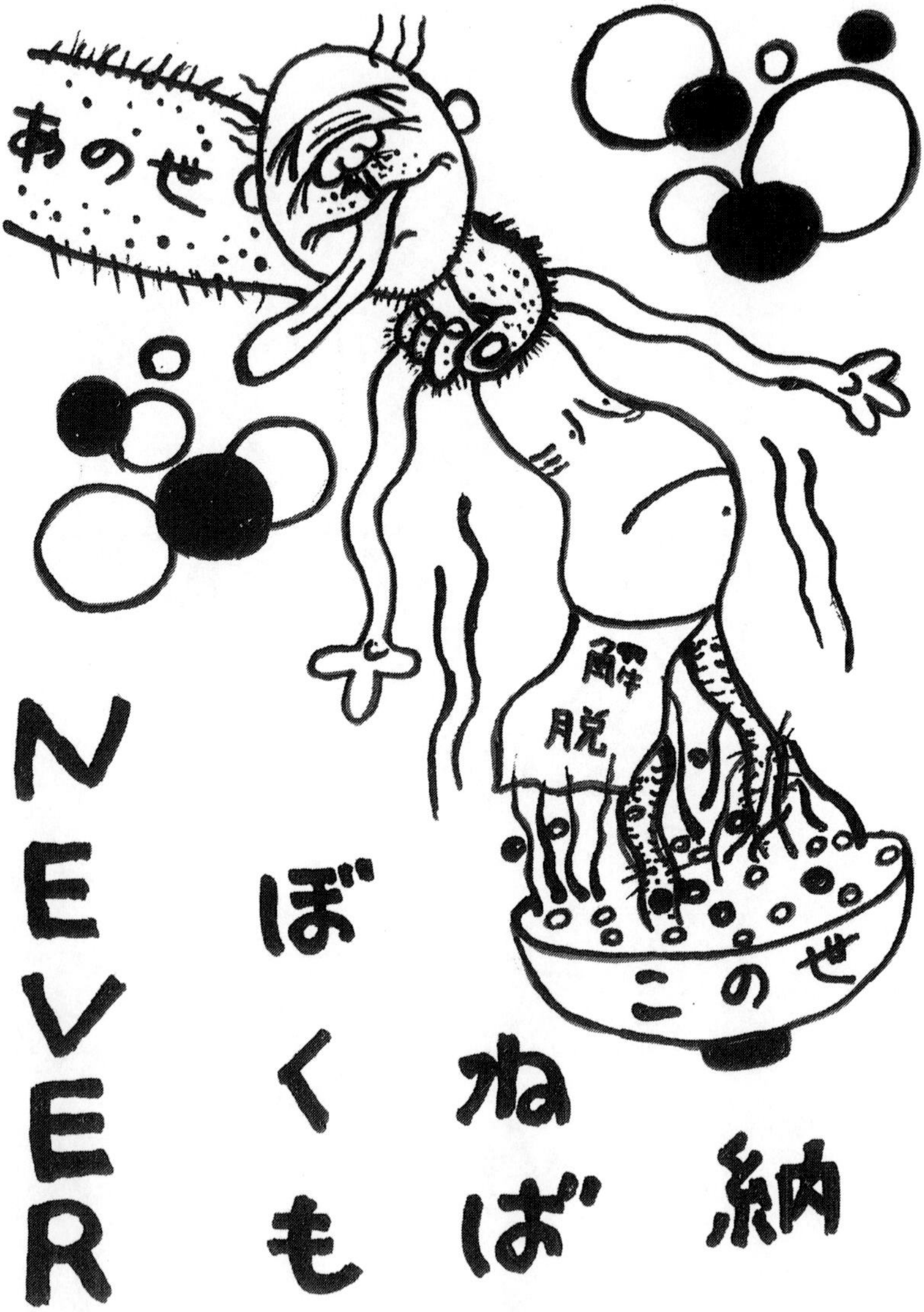

納豆
ねばーる
ぼくも
NEVERる

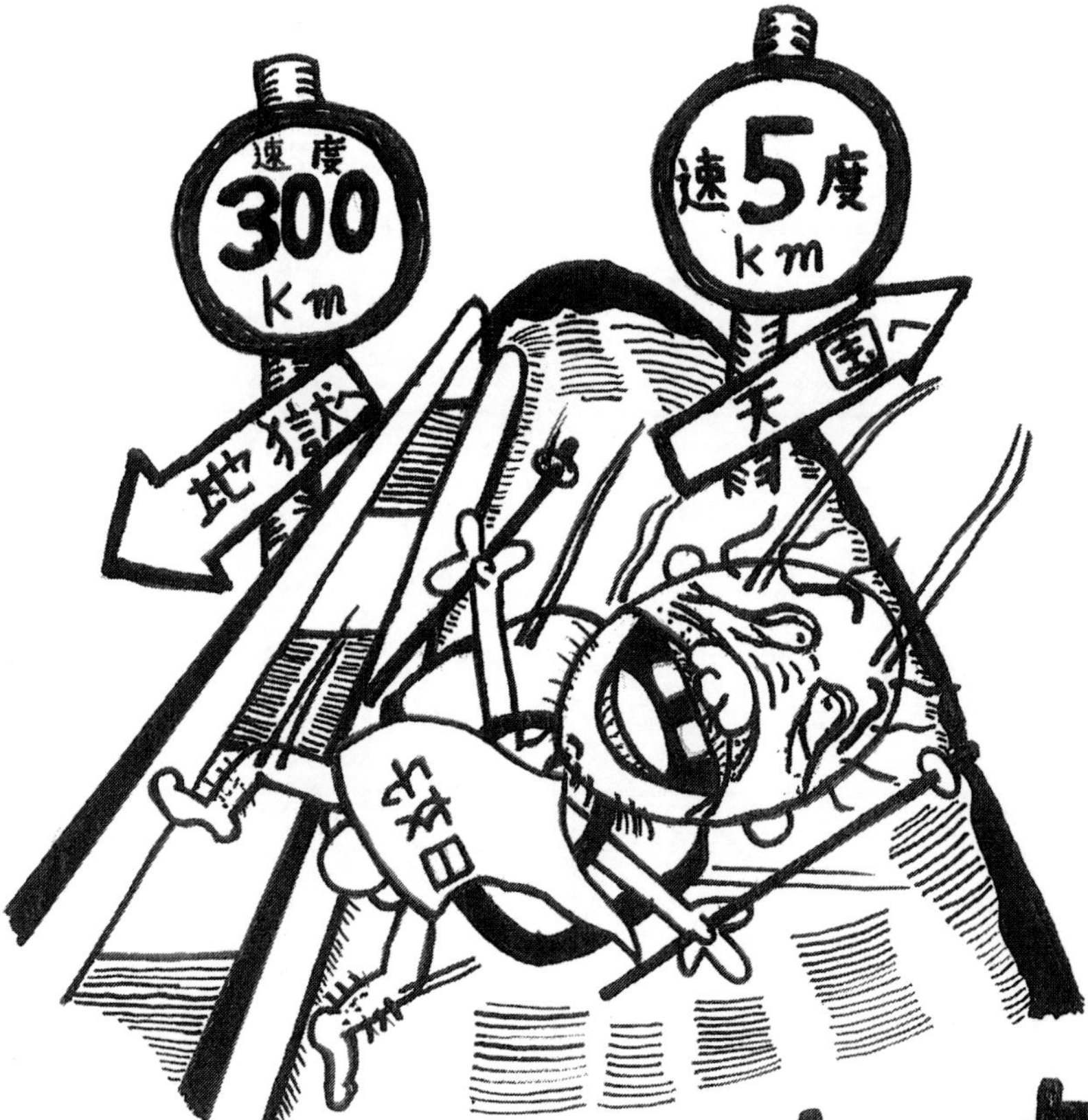

よたよた
上った
へろへろ
下りた

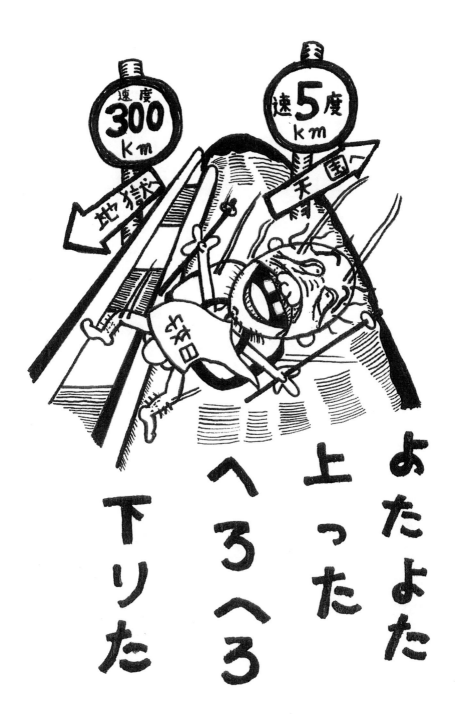

爺ちゃんのメンズメイクの死に化粧

あついじゃないか
はやく
ここから
出してくれ

来い来いと
墓地
墓地
来いと
メール来る

オーイ
ハヨコーイ
コッチャコーイ
ヘイヘイホー
三途方面
下船無効
ヨッコラショ
声の
するほへ
ギッチラコ

ツンデレ
の賽の
河原の
ねこふぐり

産道を
抜けて
この世に
迷い出る

余命延び舌からあふれ出すジョーク

ボレロ聴く

やがてに

ぬっと

囲まれて

ステテコも
わたしも
風を
待っている

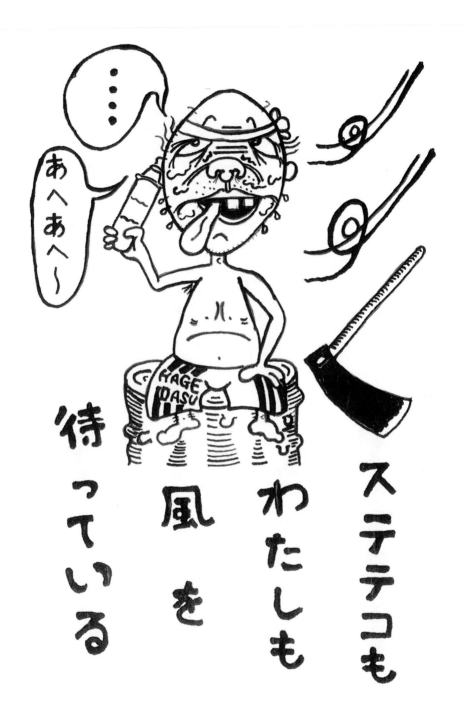

オトコかな？
QRコードの
明日を
タップする
オンナかな？

ツッコミで
生かされ
ボケを
活きていく

コロナに負けず
サギにも負けず
妻に負け

寂聴さんは
剃髪

わたしのは
ハゲちゃびん

やッヤバい。。。
無
・・・・・・・「あ」。。。。。。。。
おいおい

わしゃ知らん
あたし知らない
素《すっ》飛《と》木《ぼ》瓜《け》

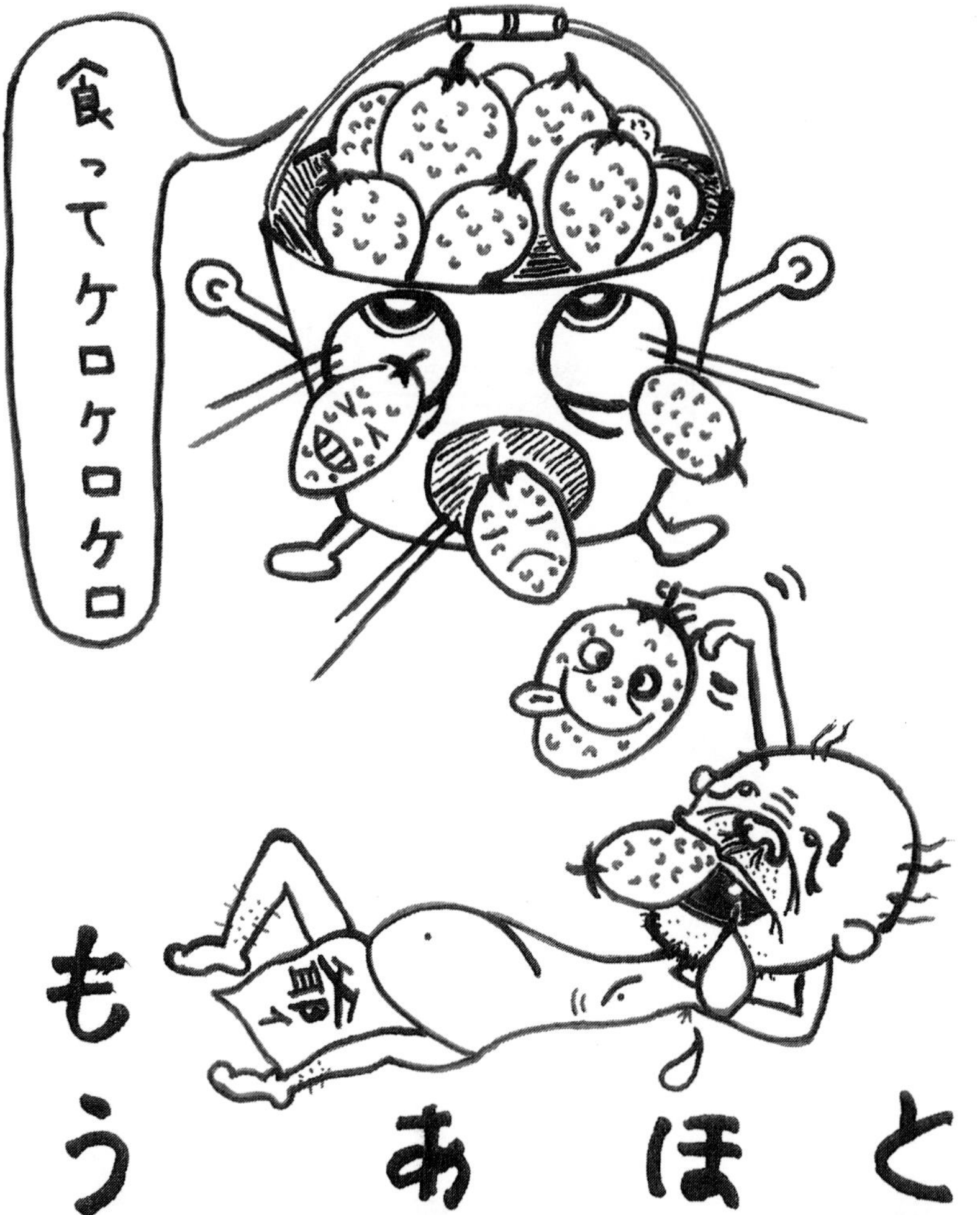

とちおとめ
ほのか
あまおう
もういっこ

老いらくの
ふたりは
ほっと
チョコレート

50万円
萩の月
ボッタクリ
BAR
はぎやひめ
好日
まァいっかァ
いろいろあって
はぎのつき

御法度の三角定規
きびしめに
ねばならぬ
硬
えへらえへら
軟
でへへ〜
まるくなる

酔って
ユーミン
冷めて
ヒフミン
オロナミン

KI・MU・TA・KU〜
KIMURA OTAKUYA でおまッ
福
キムタクを待っても来ないキスーン

ネコカフェのネコとは違ううちのネコ

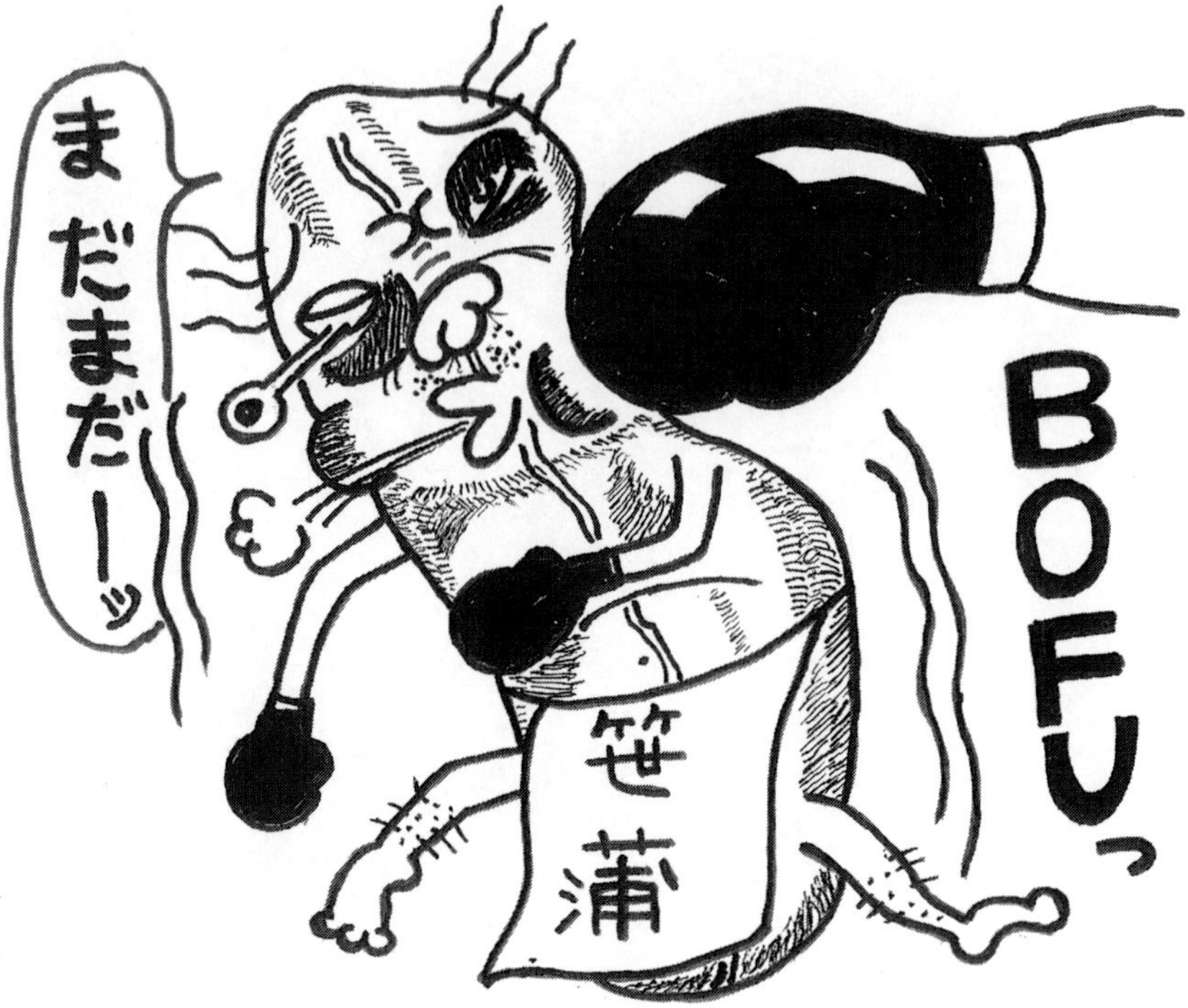

フルボコに
されて
ササカマ
くやしがり

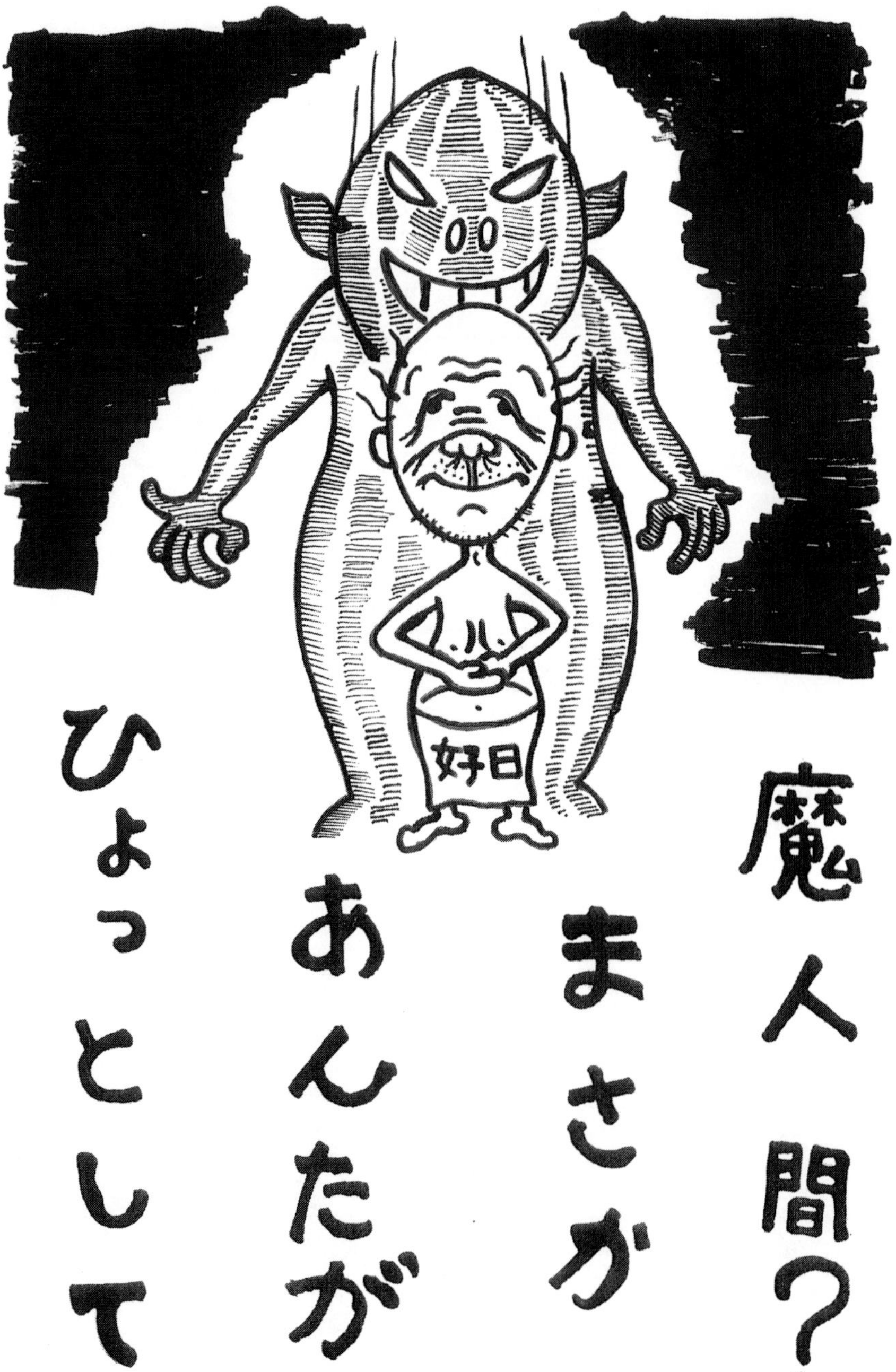

魔人間？
まさか
あんたが
ひょっとして

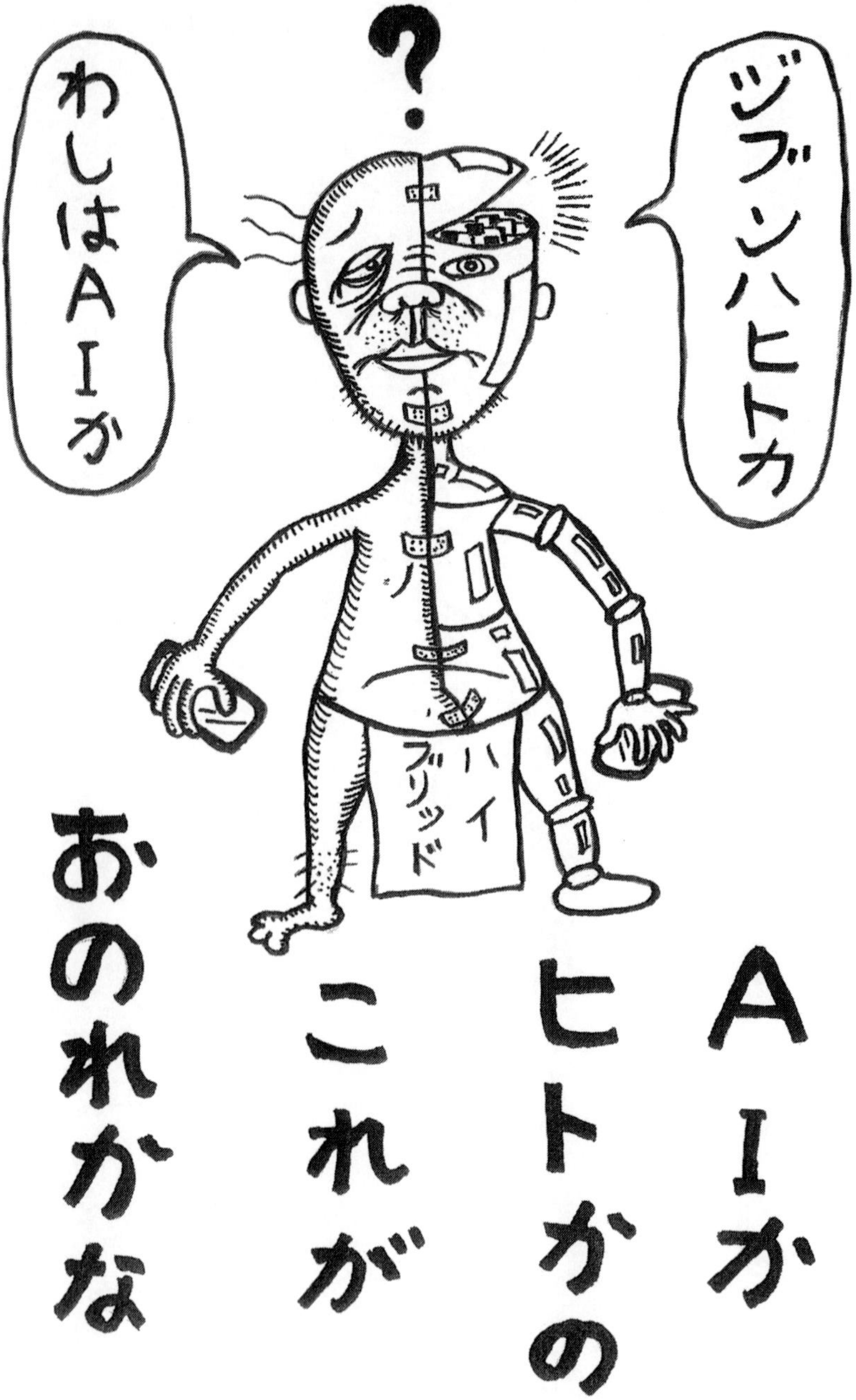

AIが
ヒトかの
これが
おのれかな

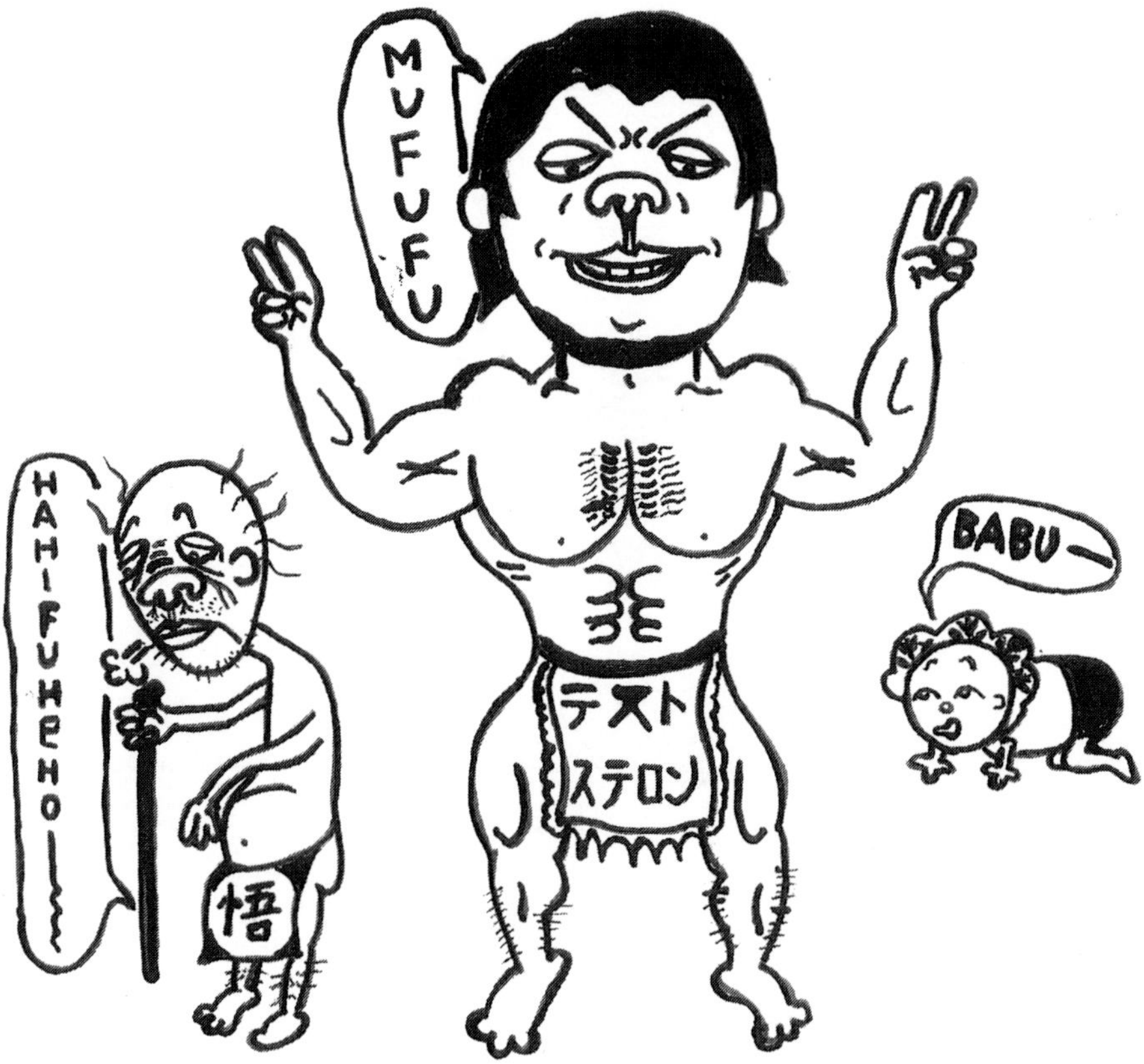

ツョーマスト
ゴーオン
人生はつづく

まじがァ

おみくじを
なんど
引いても
オミクロン
大凶
オミクロンきわめて重し
好日

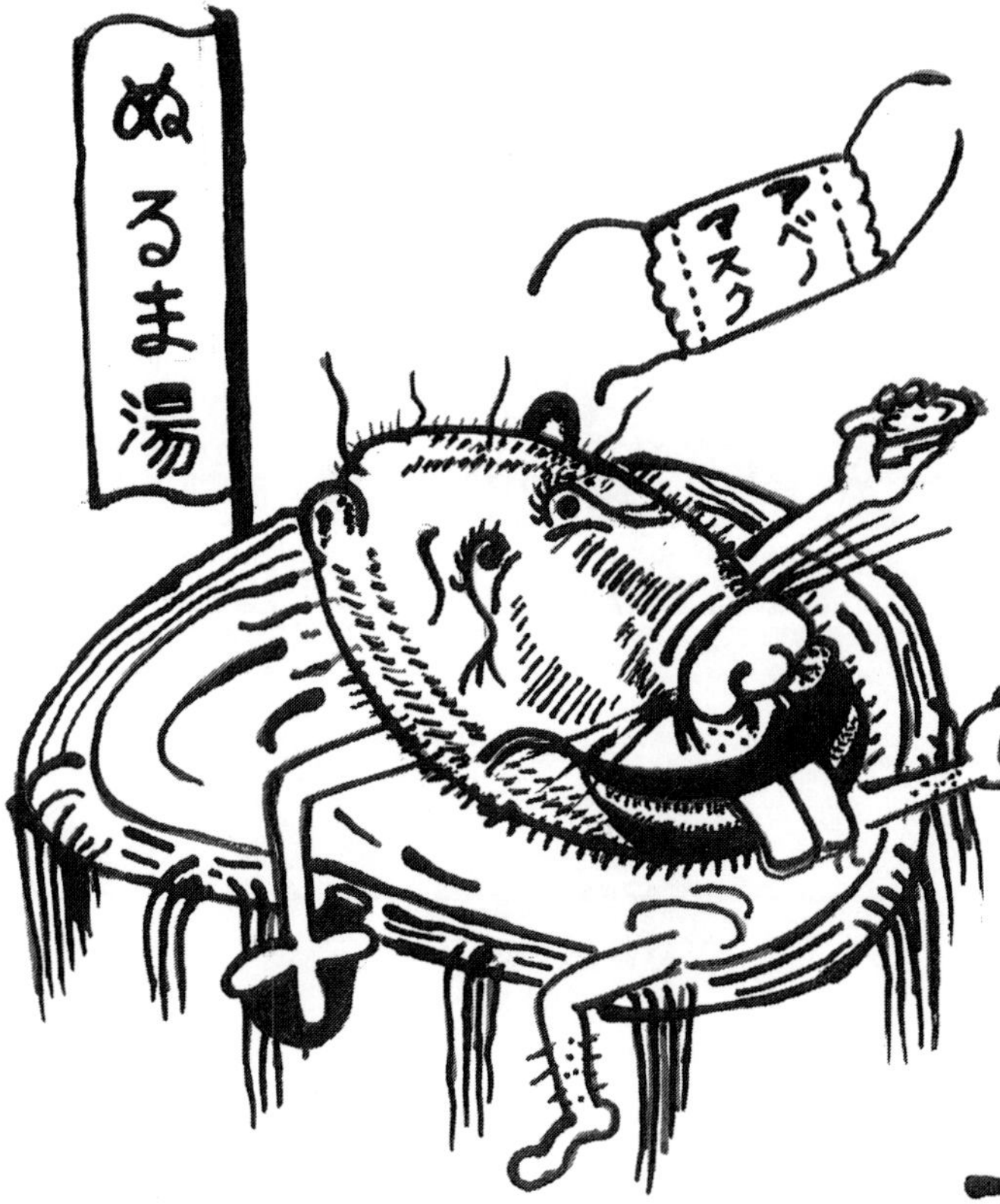

ボーとして
カピバラ
となる
野天風呂

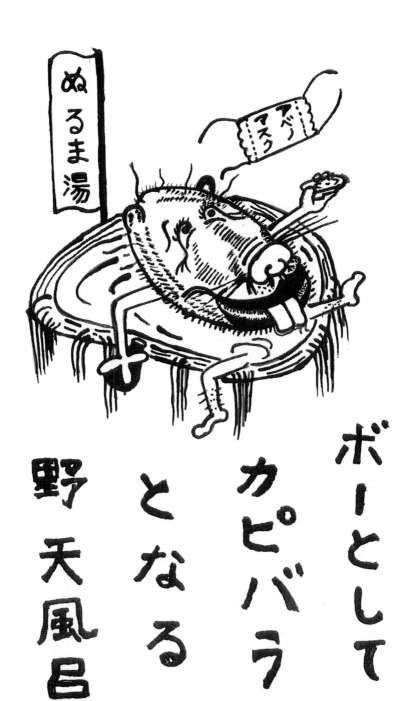

オンライン
わたし
プラジマ・
コージです

もう
待てぬ
ウイズ・コロナ
の
曲がり角

ロシアにGON
世界はビビリ
Вы Парни
バブルだな
米
英
独
仏
露

一面の
今朝も
やっぱり
ジェノサイド

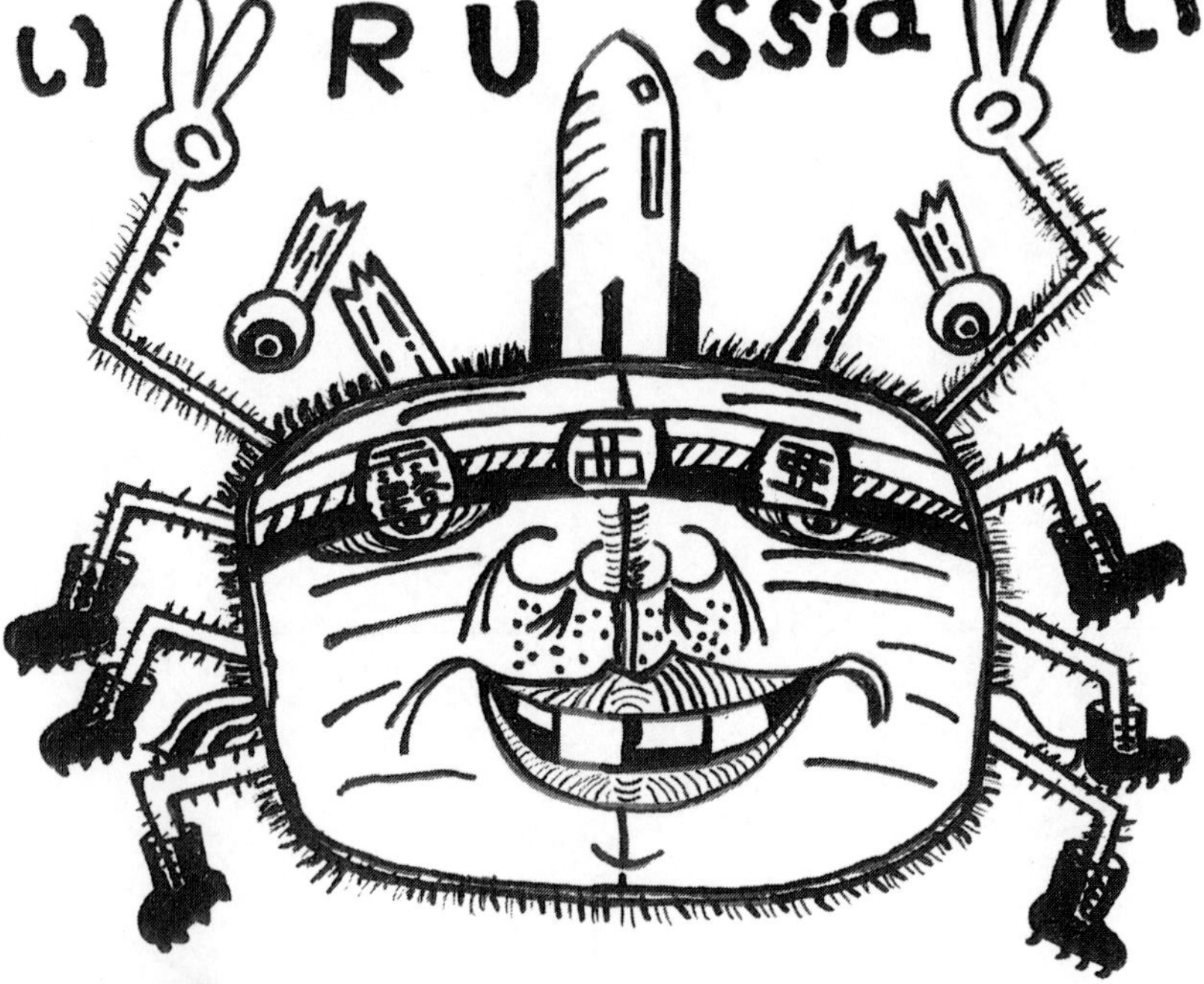

サインはV
カニの
目ン玉
おとすなよ

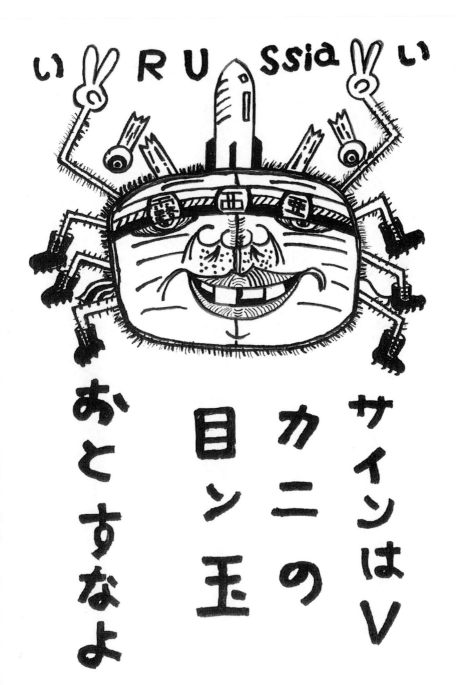

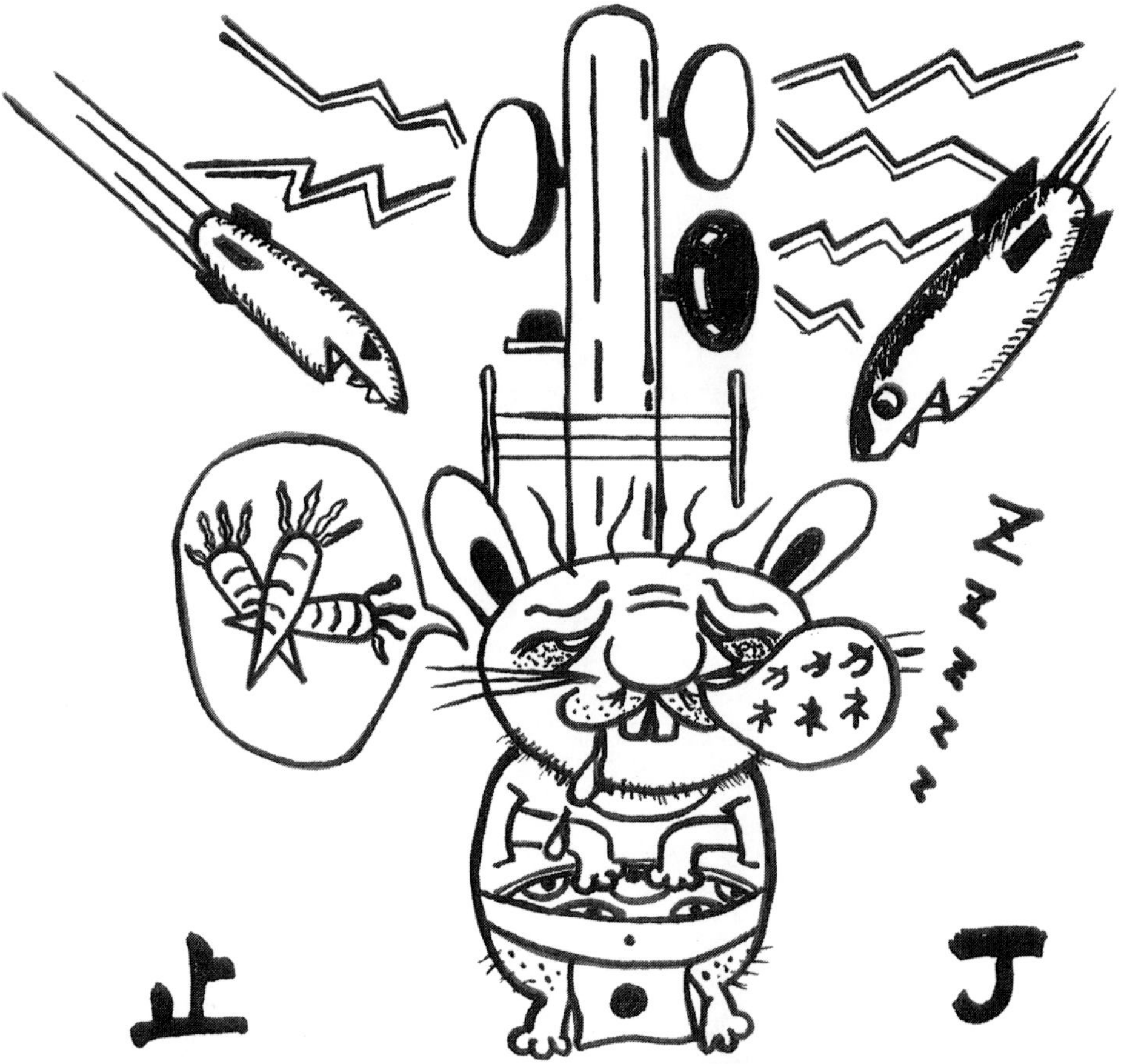

Jアラート
鳴っても
いびき
止まらない

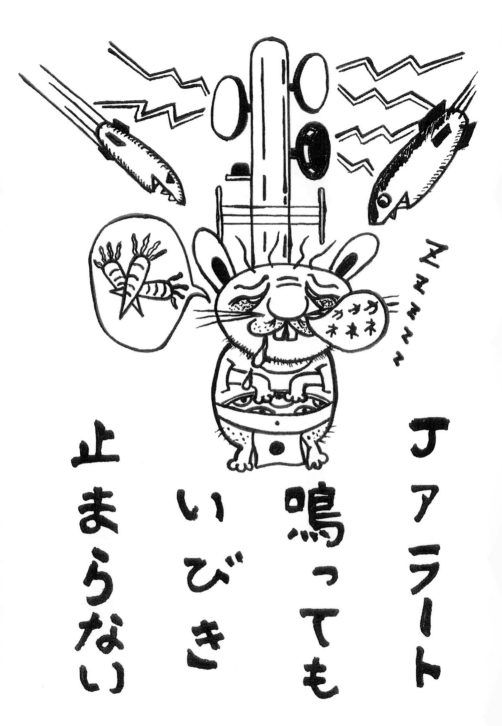

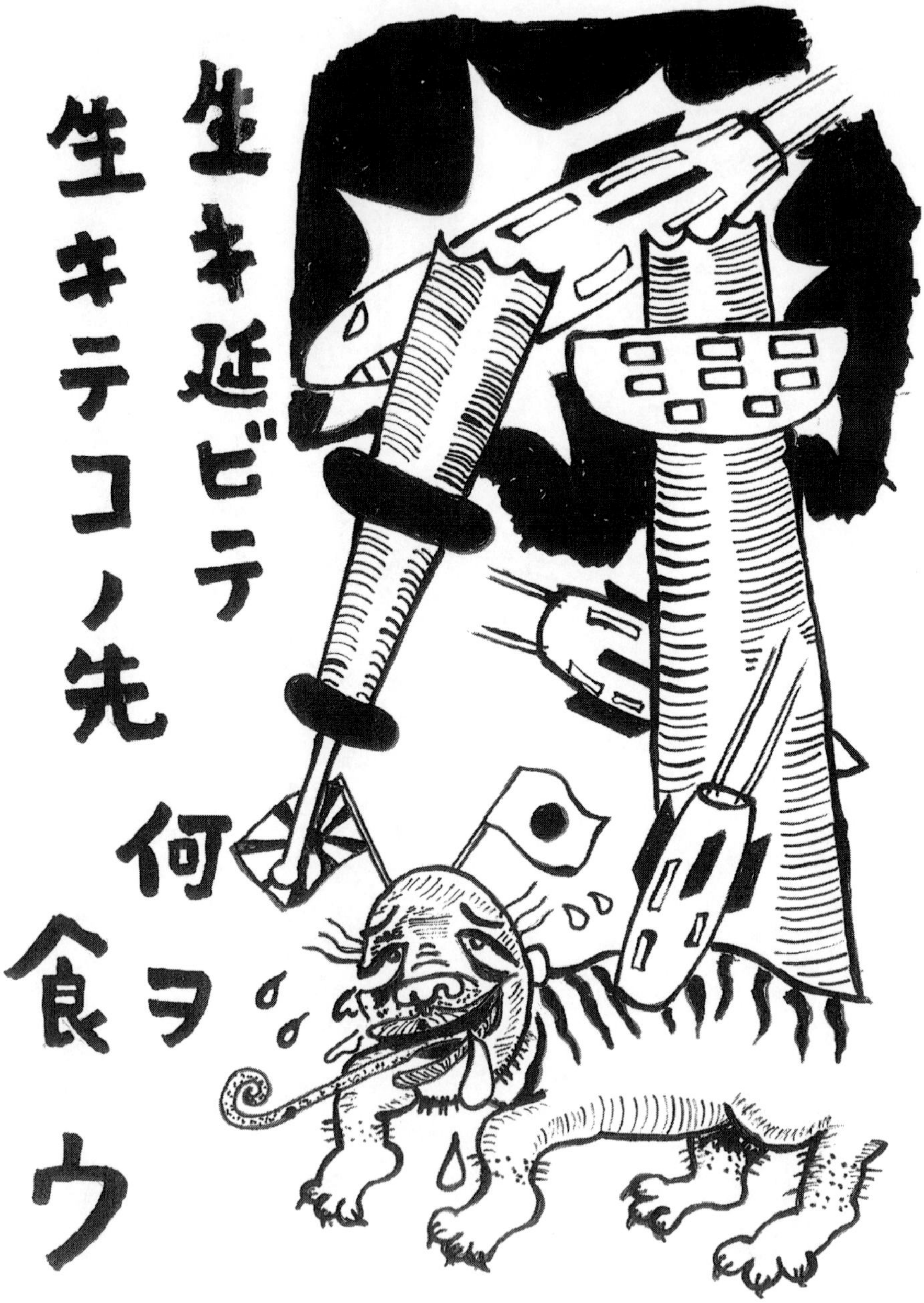
生キ延ビテ
生キテコノ先
何ヲ
食ウ

核ゴミと
うちの嫁だけ
生き残り

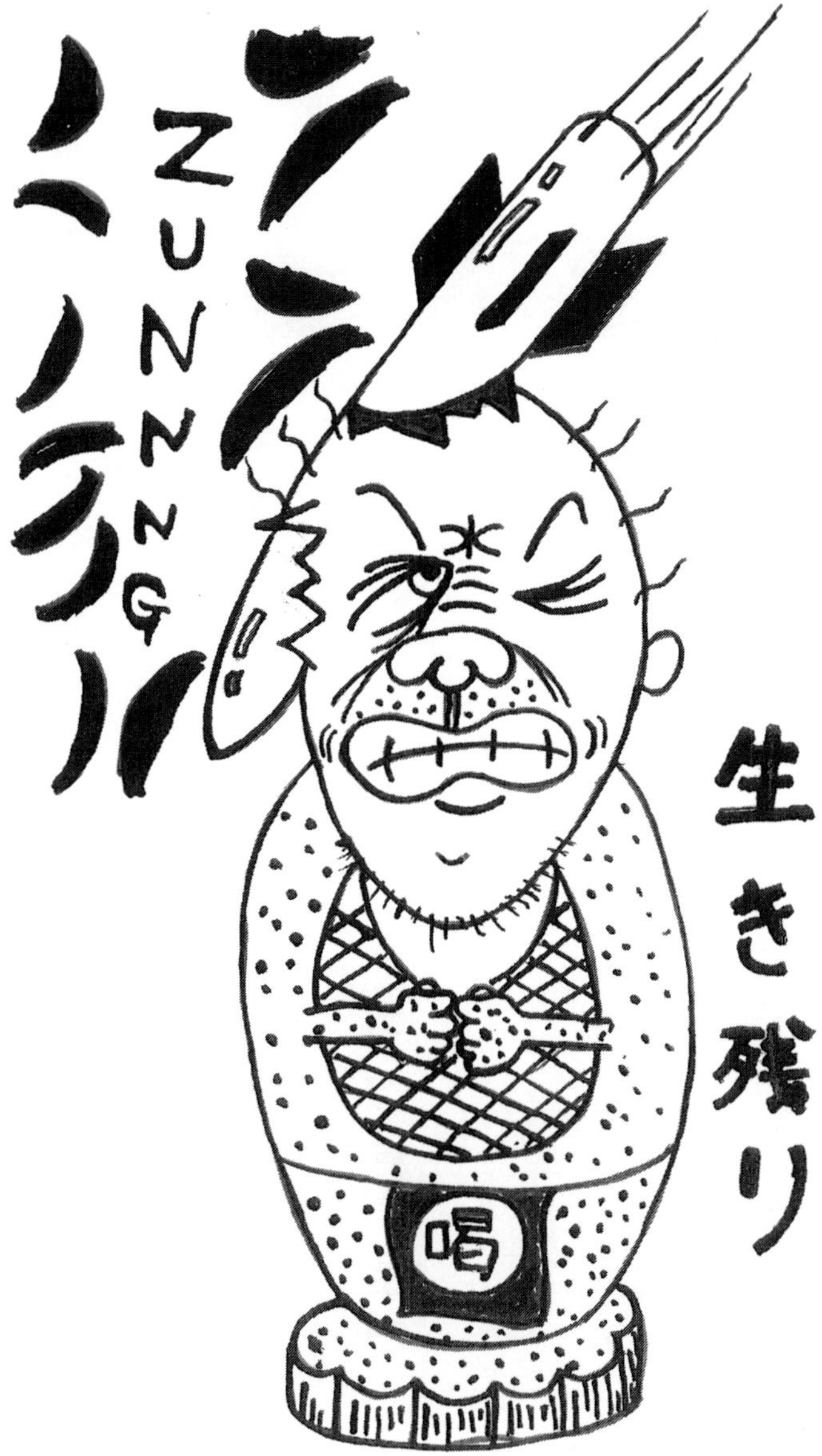

ひからびた
あんた
すきだよ
あいにいく

靖国のハトが軍靴を履きたがる

愛国心というバケモノを飼っている

愛国心煽るロクでもない話

心配
要りません
もう
ボケてます

君が世の
唄を
聞いてる
されこうべ

カネ本位
カルトの
顔は
何度でも

愚かものめが
ぞろり
あの票
この票で
一強
甘納党
旧統一教会

これだけで一強
YESとにかく賛成
YESなにもかも賛成
大好き食っている
YES MAN
日本の劣化を許すイエスマン

免罪バッジ
嘘ついて
騙した
票を
国会へ
棄てて来た
これで
ワルイこと
やれる！
ワルイ
センセイ
投票
用紙
有権者チョロイ
チョロイ
国会
専用
ゴミ箱

岸田丸
ピンチピンチ
あっぷあっぷ
乱乱乱

原発神理教
救済
電力
原発有理
黄金の燃料デブリ
神
聖なる汚染水
原発は奇奇怪怪の阿弥陀さま

老人は食すべし
闇のリーダー
PIPIPI
エサエサエサエモーーい
UUUUU〜
無
タタリ蛇
頂き虫じゃよ
花盛り
老人捕食
闇バイト

光リモノ大好き
ハゲは嫌いなの

ふたばぐさ
末はオレオレ
カネカネカネ
オレオレ
カネカネカネカネ
前科

生かさず生かさず
財務省
ハァ〜よいよいよいとながっ!
年金
節
年金はいのちをつなぐクモの糸

おたんこなす
生きてる
だけで
まるもうけ

いぶりがっこに
なるまでなんて
まてまてません
ハヨ死ネッテカー
70歳から
年金

もっと上げるよ
財務省
消費税 20%↑
迷い出たナメクジでしたス・ミ・マ・セン

ごめん ごめん

ごめんな

一円こ

線状降水帯
日本沈没
ありそうで
ありそうで

℃
40
まじ
エグい
ケ〜ロヨ〜ン
誠
もう誰も驚きません40℃

レンジでチンがーシーくんが茹で上がる

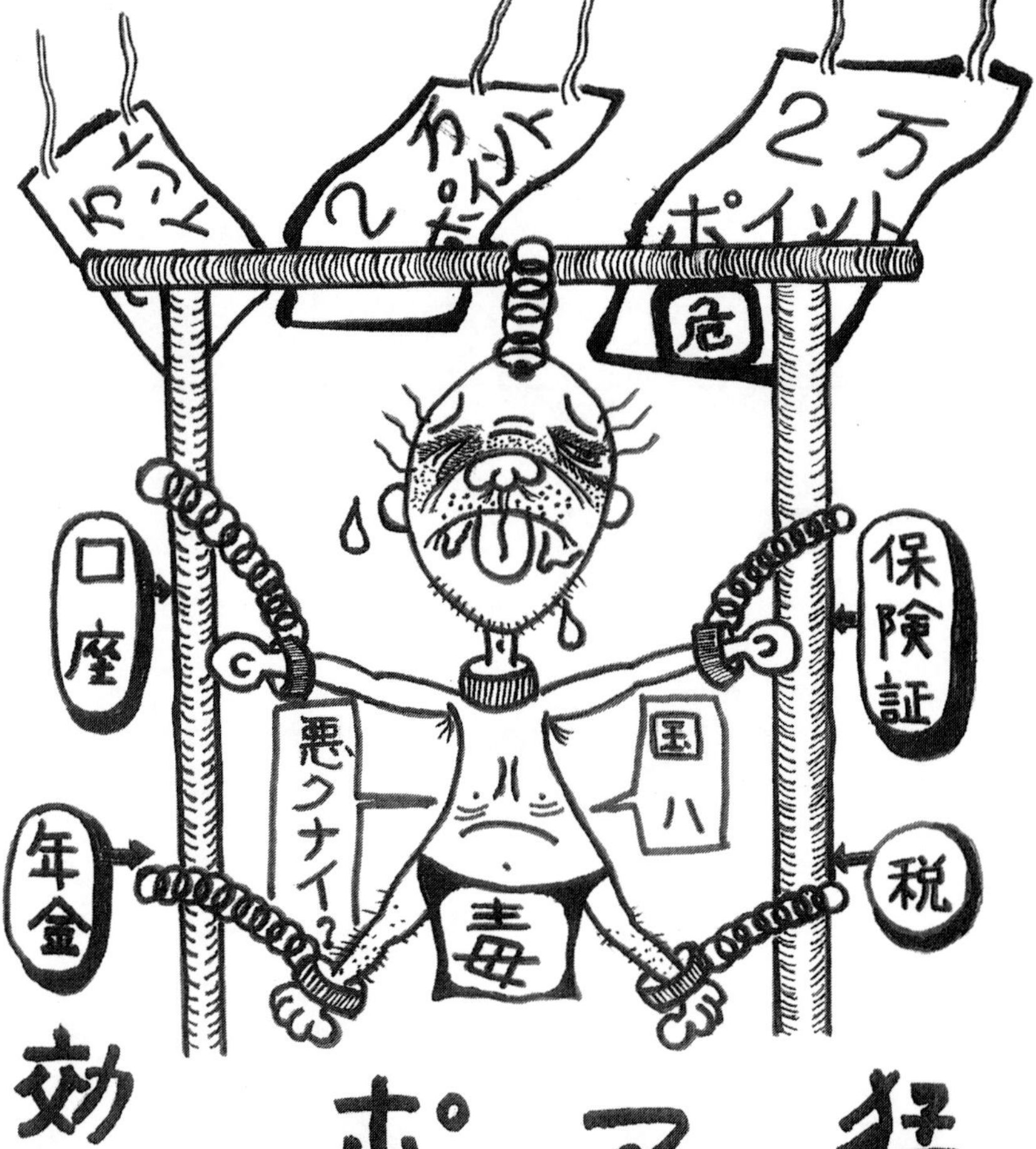

猛毒のマイナポイント効いてくる

離れても離れてもAI寄ってくる

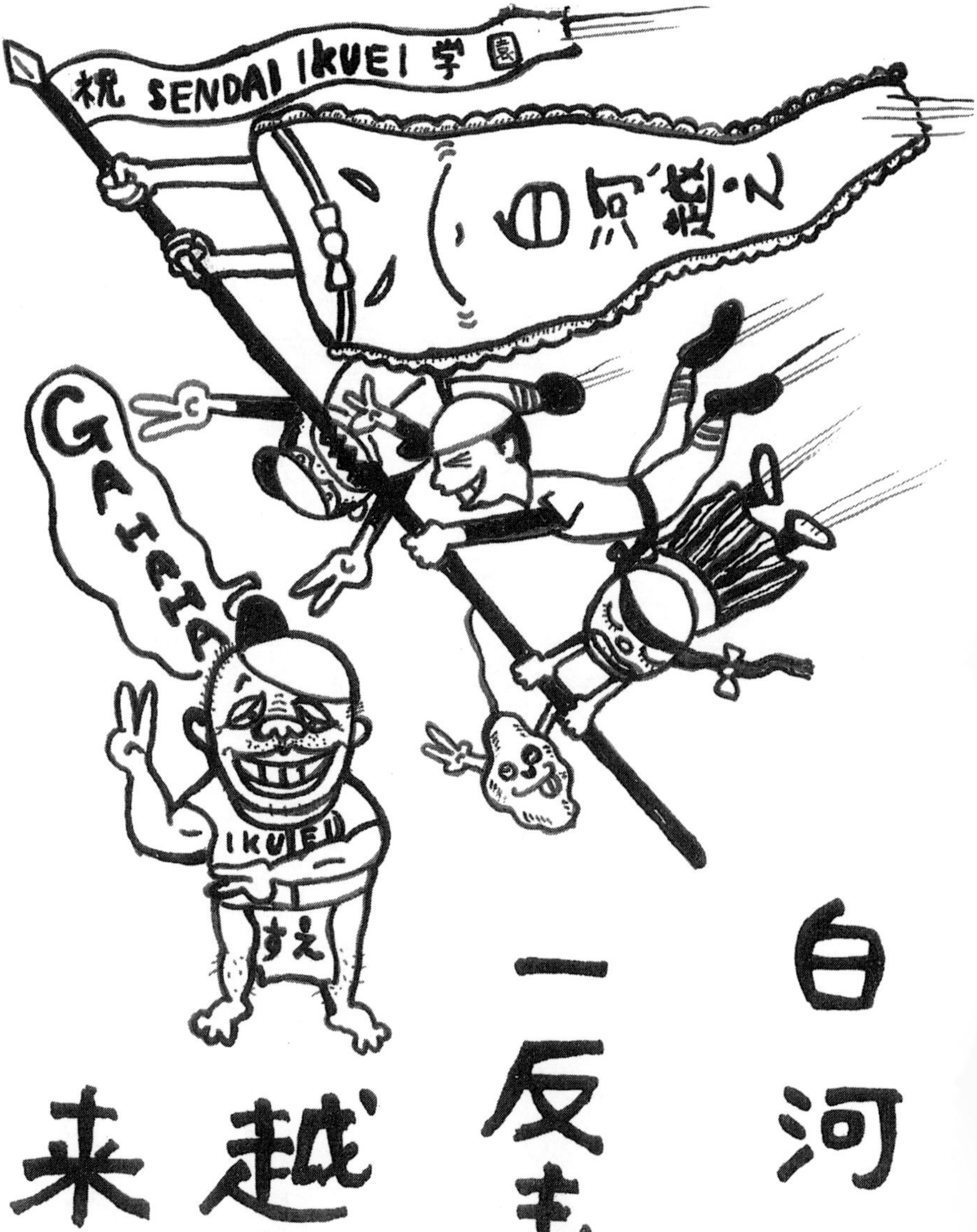

白河を
一反もめん
越えて
来る

国民栄誉賞

ヒーローのオナラを皆で嗅ぎにいく

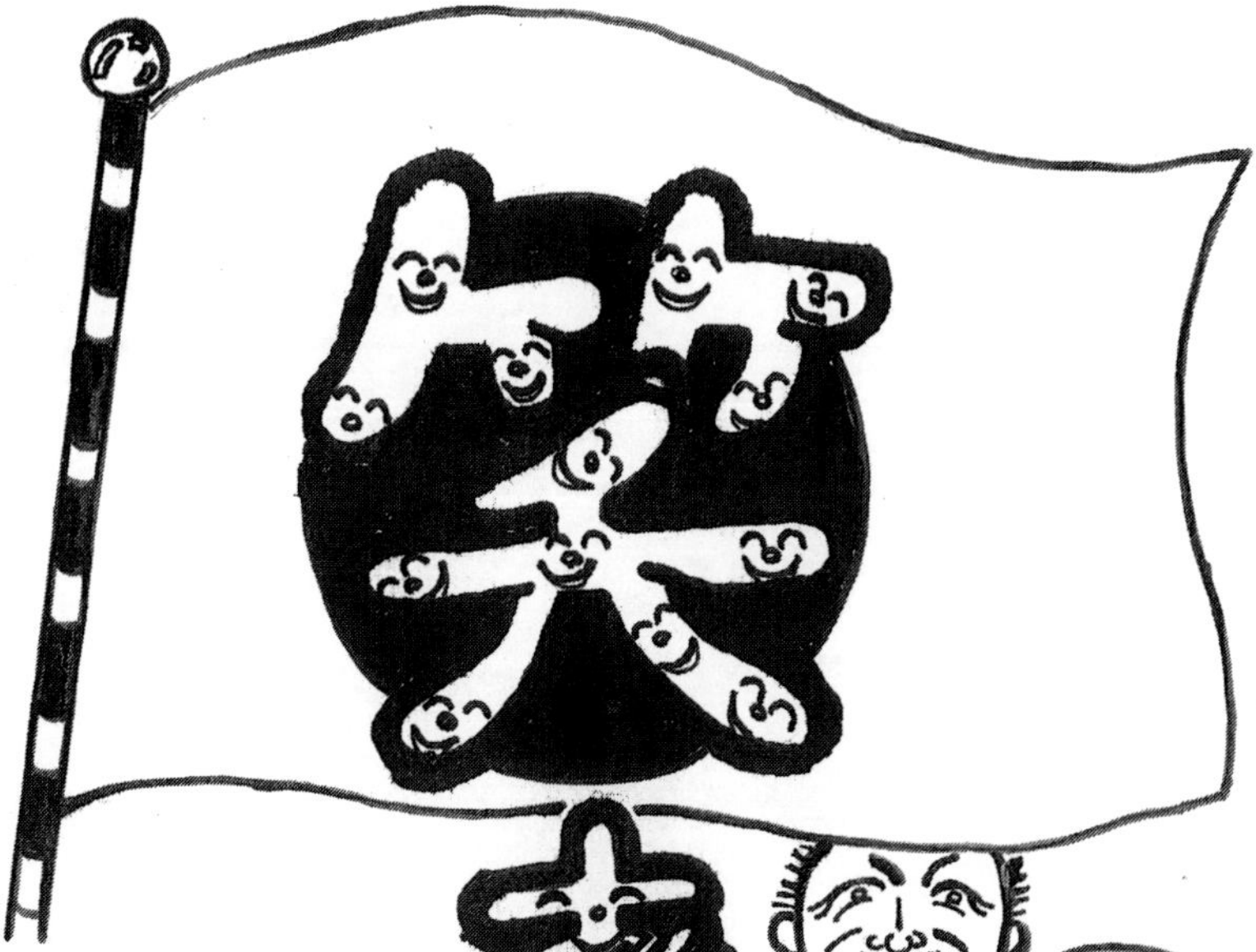

笑あっぷ

Senryu

詠んで

大笑い

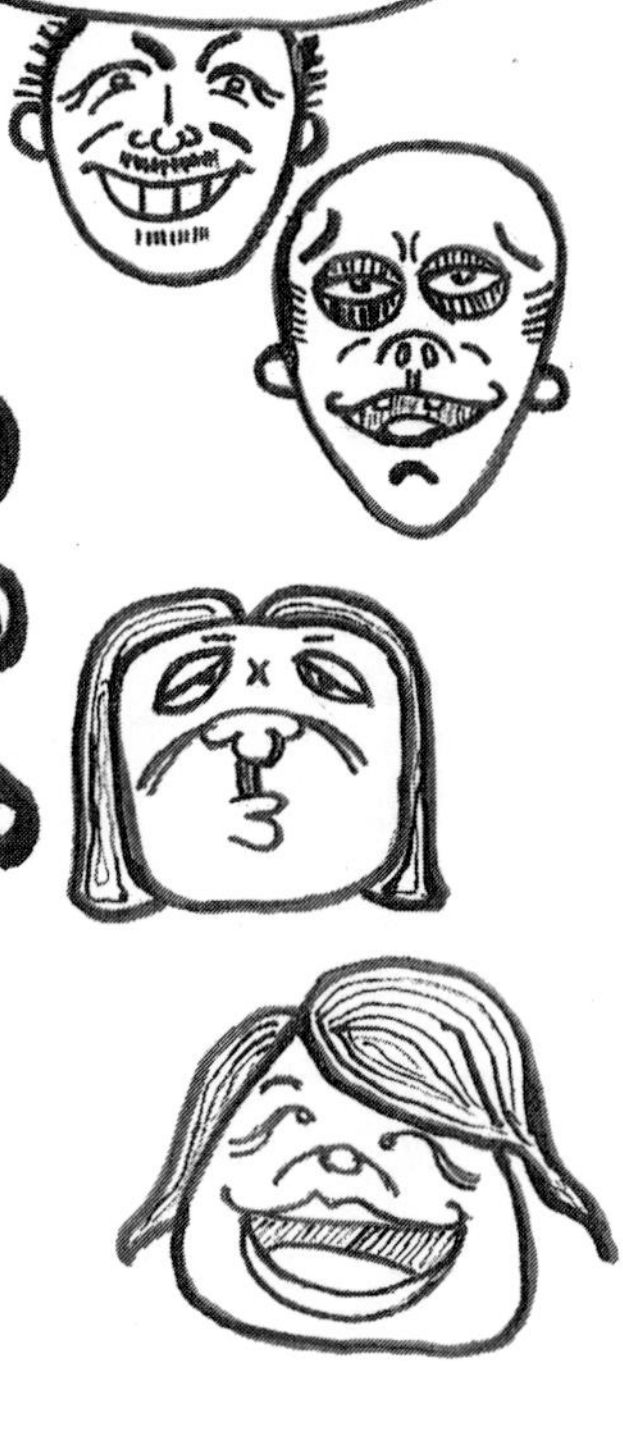

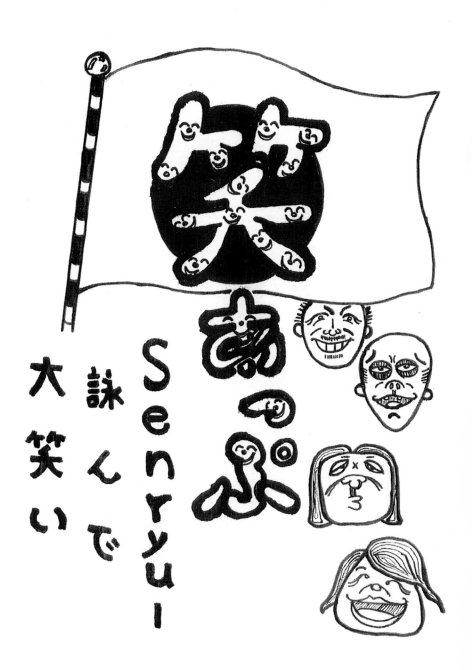

ヒトを許さん
オマエラ
エイっ
怖
クマヒグマ
地球沸騰
丸太で
エイっ

親ガチャの子ガチャの
孫の
ガチャと
転け

タワマンへ
おら
タクワンで
ガマンする
タワマン命
タクワン命
生涯タクワン！
AHO〜

宇宙かと
思う
パンダの
まるいかお

妻の眼に
サンマ
お主の
頭が
高い

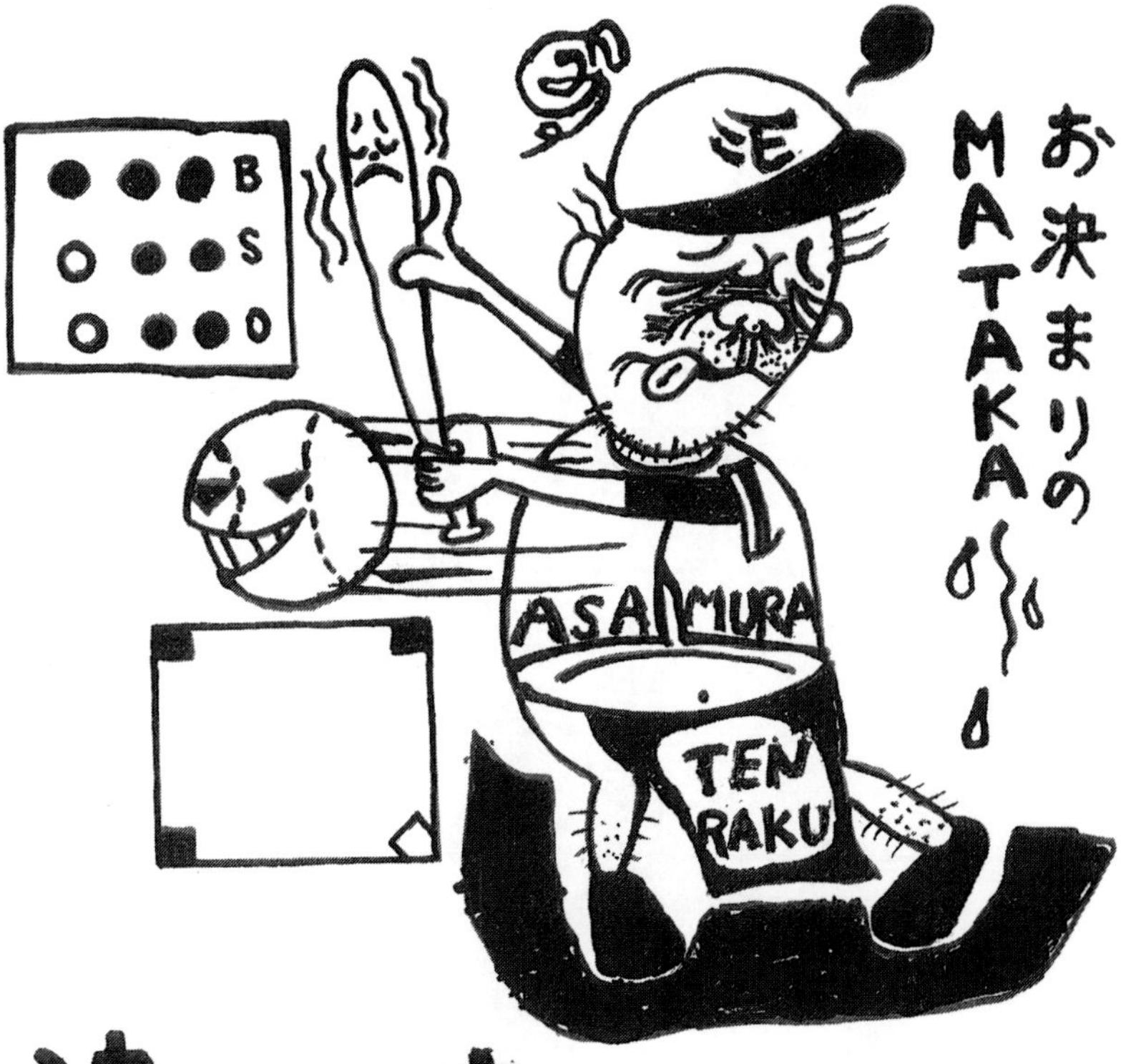

フルベース
あと一本が
決まらない

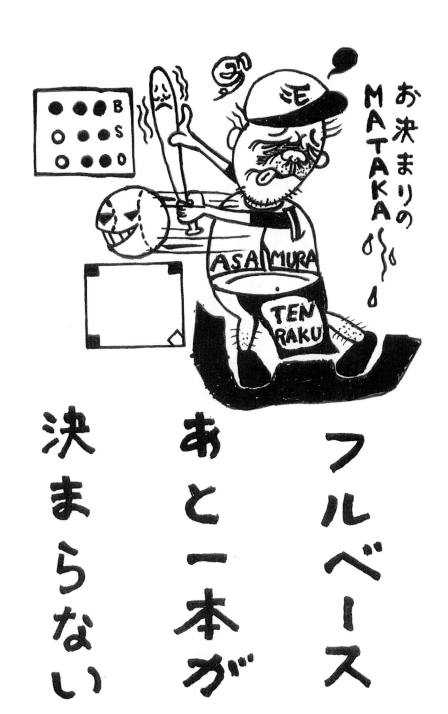

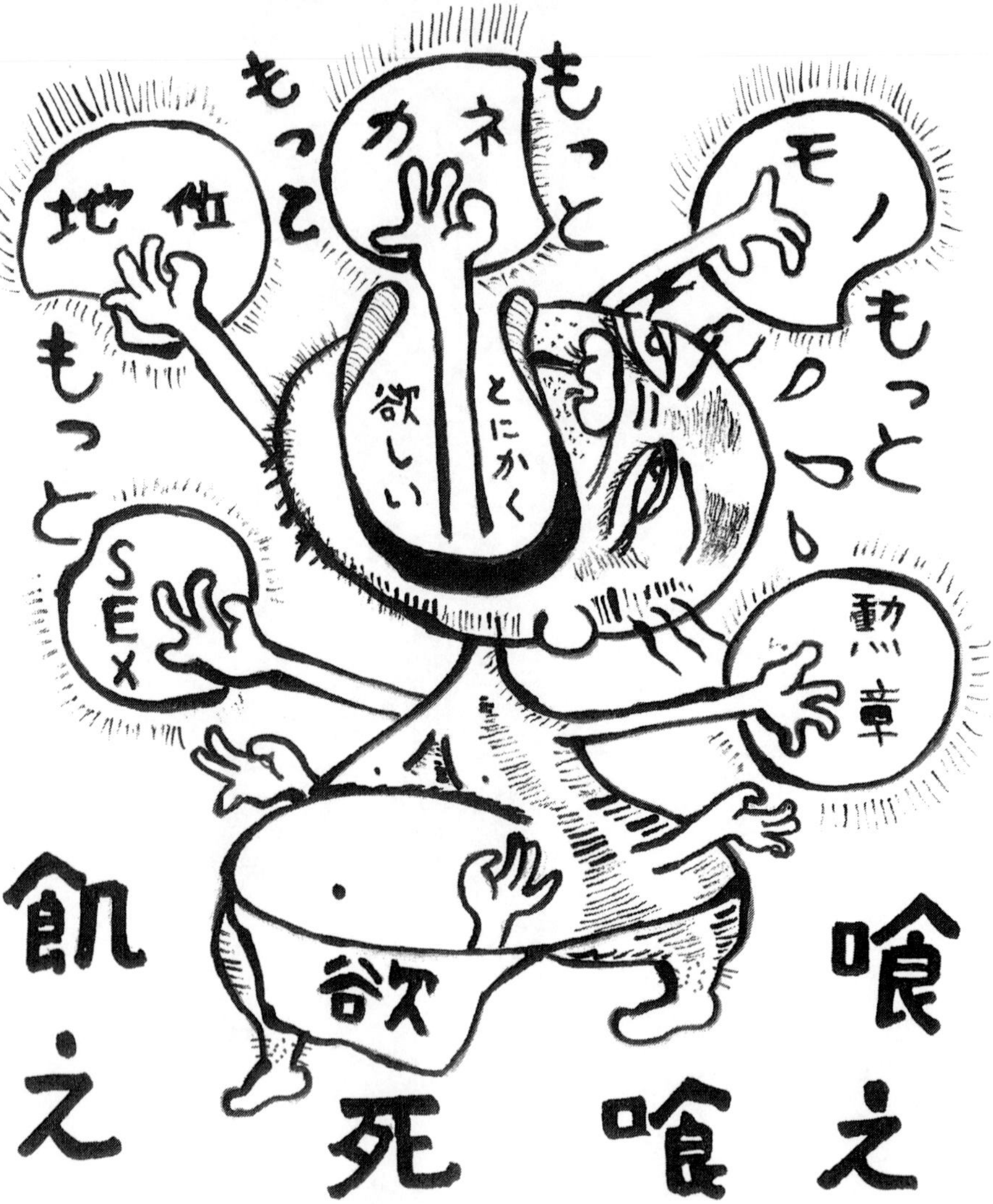

喰えるほど
喰って
死ぬほど
飢えている

ラッキー
ご長寿
老人でよかったー
ほんとによかったー
?
老貝
老害も
たまには
見たい
日本晴れ

あとがき

『じじせん　三浦幸司川柳句集』（二〇一九年／新葉館出版）を出してから四年、私にとっては第二句集にあたる。男八十歳辺りを終りとすれば、これで私の川柳もオシマイということになる。

句会に入って以来、ヘタな一句を詠み続けてきた。中でも各種川柳大会への参加は、自句の不甲斐なさを思い知る絶好の機会であった。もう十年余りも続けているのだから、たまには佳什のひとつも作れそうなものだが、現実は甘くない。近頃は、ほとほと川柳に嫌気がさしてきた。スッパリと川柳から足を洗おうと思ったが、惚けるのも怖かった。

そこで、ハタと思いついたのがイラストを活用した絵川柳だ。多少の絵心があれば出来るのではと考え生まれたのがこの句集だ。

川柳は、ダイナミックとナンセンスとユーモアを感じ取れるものであって欲しいと考えているが、これを十七文字にまとめることは難かしい。イラストの入った句集をたまに見受けるが、これを十七文字にまとめることは難かしい。イラストの入った句集をたまに見受けるが、残念なことに、イラストと句の一体感が乏しい作品がある。イラストと句が一体となった時、その面白さが一目瞭然となる。この句集は小学生にも理解できる設えにしてある。構成は、『ぼくのネジ』——日常・暮らしと『まじかァ』——時事問題に大別されている。

ところで、私が懸念しているのは、「わらせん」が文芸川柳とは違うモノであることを理解してもらえるかという点だ。そのため、句集の表紙を『笑あっぷセンリュー　わらせん』とした。この句集の特徴は、何処から読んでも分かりやすく、ナンセンスとユーモアに溢れているという点だ。コーヒーでも飲みながら、パラパラめくって、飽きたらポイでよいのだ。これから川柳でもやろうかなと考えている方には是非手に取って欲しい。川柳を始める頃、よく目にするのが「〇〇入門書」、硬い、硬過ぎる、何で面白くないのか、今は本当に必要なモノとは全く思えなくなった。

さて人間は、ルーティーンのような毎日を淡々と過ごしているようだが、その毎日は昨日とは違う毎日なのだ。暮らしの折々にモアーッとしたモノが胸底に溜まってくるので、それを吐き出すことが「わらせん」であると考えている。

最近はアニメブームとかで、巷のヤングたちはコミックやイラストに興味を持つ方が多い。そこで、例えば、イラストを描き、その後、五七五の肉付けをしていくことはどうだろうか。川柳人口が減少しているようだが、始めから句会への参加を呼びかけても、そこに一工夫がなければヤングは乗っては来ないだろう。
とまあ、分かったような事を言っているが、車のハンドルに〝アソビ〟が必要なように、川柳にも〝アソビ〟が必要だと考えている。私の句は、これからもアップデートされていくものであり、後進の方々に引き継がれていくものである。人生百年時代、シニカルな目線で句作りにいそしんで欲しいと切に願う。最後に、川柳にお付き合い頂いた皆様方には、衷心より、御礼のゴアイサツを申し上げます。

三浦幸司

令和五年十一月吉日

【著者略歴】

三浦 幸司（みうら・こうじ）

1948 年、宮城県に生まれる。

宮城県職員として県政に従事。

東日本大震災を経て川柳の句会に入る。

2019 年　処女句集「じじせん」を出版。

現在、川柳宮城野社同人、川柳触光舎会員、二の句会会員（利府町コミュニティセンターにて月１回開催中）。

ダイナミックでナンセンスでユーモアそしてシニカルな視点をほどよくブレンドした句を標榜。

川柳句集　わらせん
○
2023年12月25日　初　版
著　者
三　浦　幸　司
発行人
松　岡　恭　子
発行所
新　葉　館　出　版
大阪市東成区玉津１丁目9-16 4F　〒537-0023
TEL06-4259-3777㈹　FAX06-4259-3888
http://shinyokan.jp/
○
定価は表紙に表示してあります。

ISBN978-4-8237-1094-0